(K) ein Blütenstaub im Labyrinth

Ulla Angst

Gedichte

über Leid und Hoffnung

(K)ein Blütenstaub im Labyrinth

Gedichte über
Leid und Hoffnung

Ulla Angst

Information durch die Deutsche Bibliothek.
Die Deutsche Bibliothek verzeichnet diese Publikation in der Deutschen Nationalbibliografie; detaillierte bibliografische Daten sind im Internet über

http://dnb.ddb.de abrufbar

Impressum:

ISBN -Nr. s. Cover-Rückseite - Copyright (2024)
Printed in Germany
Herstellung und Verlag: epubli GmbH, Berlin

www.epubli.de

Covergestaltung Ulla Angst

Vorwort

In meinen Gedichten möchte ich die Facetten von Leid und Hoffnung aufzeigen. Das Leid und die Hoffnung sind häufig Begleiter unseres Lebens. Oft gehen sie miteinander Hand in Hand, wie Licht und Schatten, wie Ebbe und Flut.

Es gibt so unsagbar viel Leid auf dieser Erde. Unsere bisher scheinbar „heile Welt“ ist aus den Fugen geraten. Corona und Kriege brachten uns an unsere Grenzen.

Fahle Dunkelheit legte sich auf unsere Gedanken und Gefühle. Fragend laufen sie durch endlose Labyrinthe, sind nicht mehrin der Lage hier einzugreifen und die Dunkelheit in ein helles, strahlendes, friedliches Licht umzuwandeln.

„(K) ein Blütenstaub im Labyrinth fragt nach dem WARUM und danach, wie wir UNSERE HOFFNUNG wiederfinden, sie neu entdecken, sie erleben wie ein junges, zartes Pflänzchen, das wachsen will.

„BLÜTENSTAUB BEFRUCHTUNG im Labyrinth“

Ulla Angst

Bertha von Suttner (1843-1914)

Österreichische Schriftstellerin und Pazifistin
Erste Frau, die
1905 den Friedensnobelpreis
erhielt

Zitate:

„Nach „lieben“ ist „helfen“ das schönste Zeitwort der Welt.“

*

**„Nicht unseren Vorvätern
wollen wir trachten,
uns würdig zu zeigen
NEIN – unseren Enkelkindern**

Auch wir

Diese Nacht hat
Angst vor dem Morgen
Der Morgen hat Angst
Vor dem Tag
Der Tag hat Angst
Vor der Nacht

Auch wir haben Angst
Vor dem was wir nicht mehr
Tragen können
Schwer in der Brust
Liegt ein narbiger Schrecken

Wir malen Träume an
Die Wand
Die sich weigert
Sie anzunehmen
Lautlos fällt sie in
Sich zusammen

Nichts ist mehr so
Wie es war

Heute 04.04.23

Der Himmel fällt tief
Und tiefer
Er versteht nicht
Was passiert auf Erden
Fragend begegnet er
Der Zeit
Die die Welt gleichzeitig
Lärmend und laut
Und doch gewaltig still
Werden lässt

Ein Friedensklang
Bleibt unentschlossen
In einer grauen Wolke
Hängen
Fühlt den Mond sinken
Die Sonne verschwinden

Die Domglocken
Poltern laut in den
Aufbrechenden Tag
Der hilflos spürt
Dass es in dieser Zeit
Keine Geborgenheit
Mehr gibt.

Das Dunkle bewegt
Sich weiter vorwärts

Gedanken außerhalb der Zeit

Der gefrorene Fluss
Sammelt seine Inseln
Schließt sie ein hält sie fest

Ein Krähenruf färbt die Luft
Unser Flügelschlagen
Endet im Taumel

Dicker Raureif legt sich
Auf die Nacht
Vorbei der Herbst

Ein früher Winter
Drängt sich eisblau
In unser Inneres

IN - AN - AUF den

Straßen einer Stadt
Mit rauen Wegen

Irgendwo zwischen
Beton und Asphalt

Greifen Gestalten
Nach Geschichten

Die nicht mehr
Besungen werden

Zweigeteilt die Liebe
In diesseits und jenseits

Verbirgt sie nicht die
Verzweiflung die nicht geht

Die bleibt und bleibt
Und sie so aufreibt

Dass sie kniefällig
Werden vor dem was ist

FLUCHT

MENSCHEN

Gesichtslos
Vergänglich
Suchen im Niemandsland
Die Wurzeln der Zukunft

Gehen spazieren
In schwarzer Romantik
Buchstabieren LIEBE
Mit verwundeten Lippen

Sprechen WORTE
Mit Tunnelblick
Kennen nicht Sehnsucht
Verloren den Traum

ZUKUNFT

Wir gehen miteinander nebeneinander
Durch den Nebel
Vorbei an braunen verwitterten Gesichtern
Die einmal im Licht standen

Wir singen miteinander durcheinander
Lieder die die Sonne in sich trugen
Fernab der Zeit
Aus der wir nichts lernen

Wir sagen Gegenwart und meinen Zukunft
Nur ein wenig und nur ein wenig
Besser als jetzt

Wir fragen
HAT DIE ZUKUNFT EINE ZUKUNFT
Was **LOCK**t uns denn noch
Wenn wir **DOWN s**ind

Es ist (wieder) k a l t

Gestärkt frischt der Tag die Stunden
Wirft grüne Gedanken in die Zeit

Ach der Vogelflug ging vorbei
Kälte ließ ihn ab und zu landen

Der Winter zeigt sich stark
Stark mit kaltem Eis und Schnee
Lippen tragen davon den Schatten der Tage
Verbringen im Schweigen die Zeit

Gedanken wachsen zum Himmel
Kaum dass sie geboren
Gedanken die Tore öffnen
Die nicht nur zur Hälfte leben
Werden Blüten

Alles Weitere gleitet dahin
Kämpft und singt und es wird
Vielleicht auch wieder etwas wärmer

MUT am frühen Morgen

Zart war das Tirilieren
Eines kleinen Vogels
Hoch im Lindenbaum
Und doch
Er weckte meine Sinne
Melodisch glitt´s hinein
In meinen Traum
Der Nacht verhangen
Leise sich bewegte

Sich dann davonschlich wie
Ein kleiner Dieb
Derweil der kleine Vogel zwitscherte
Ich habe diese Welt so lieb
So lieb wenn keine Kriege toben
Wenn lacht des Menschen Angesicht
Wenn Kinder singen tanzen spielen
Dann ist es hell in mir und licht

Drum muss ich weiter tirilieren
Wenn auch die Welt in Trümmern fällt
In diesen schrecklich grauen Stunden
Ist´s doch allein der
M U T
Der zählt

Heute Morgen

Der Schrei der Möwe
Klingt verwaschen

Nebelverlorene
Momente entstehen

Tropfen leise hinein
In den Tag

Der Sonnen suchend
Sich aufmacht

Diese rostende Zeit
Zu durchdringen

Gartengedanken
im Frühjahr 2023

Bis an den Rand der Blütenblätter
Sehnt sich der grünende Strauch
Nach Licht
Zahllose Insekten umschwirren ihn
Mit fröhlichen Kräften

Eine lebhafte Erinnerung ruft
Bunte Farben ins Gedächtnis
Die in der Dunkelheit des Abends
Flammend den Weg beleuchten

Einen Weg der sich
FRIED -LICH
In ein Leben schleicht

Schlachten - Schluchten

Hilflose Gedanken
Laufen unsichtbar
Durch verlassene Häuser
Die Fluss abwärts
Im Morgendunst
Die verlorene Zeit
Sichtbar machen

Die sanfte Vergangenheit
Liegt in Trümmern
Das Zuhause wird fremd
Eine anhaltende Dämmerung
Wirft lange Schatten
Und die Zukunft
Sinkt hinein in eine

Verbrannte Erde

Nur eine Vorstellung

Scheinbar grund-los
Hängt der Mond seine Lampe
Heute in das Meer

Sein Doppel-Spiegel-Spiel
Versinkt in den Wellen

Der reife Glanz schmückt sich mit
Einer Welle die bricht

Wie in einem Gedicht - mehr nicht

Ich habe Heimweh

Ich habe Heimweh
Nach dir

Nach dir und
Der Musik

Die die Stille
Beherrschte

Die übermütig
In meinen Körper sprang

Wie ein wildes Tier
Rotgolden und durchscheinend

So viel ist zurückgeblieben
So roh braust die Zeit vorbei

Und ich habe Heimweh
Nach dir und der Musik

Die den späten Frühling
Damals
Ungehemmt in den Sommer warf

In einen Sommer
Der KRIEGs – LOS war

Heil - los

Dünn gewordene
Gedanken wachsen
Nicht mehr
Altern und
Schweigen

Werden dunkel
Lassen vergessen dass
Das Leben außerhalb

Des Unheils
Auch noch lebbar ist

Gedanken beim Lesen

eines (fremden) Textes

Es gibt Worte
Die machen hungrig
Hungrig nach mehr
Hungrig nach dem
Wissen und der Weisheit
In ihnen
Gedanken steigen auf
Fallen ab
Fallen tief
Rufen nach Klärung
Nach Klarheit
Drängen
Drängen nach Wahrheit
Bedrängen uns weil auch wir wissen
Von dem was war
Und von dem was ist
Ein Stern fällt
Vom Himmel
Der Griff danach
Gibt Hoffnung
Dass er erhellt
Was vor uns liegt
Im Dunkeln
Und so wird es
Weihnachten
Auf DIESER ERDE
Die gerade hilflos verbrennt

Nicht SO gut – geträumt

Als sie ihn rief
Blieb die Nacht
Ohne Antwort
Sie hörte ein
Leises Lachen
Dann war es still

Das Wort Einsamkeit
Drängte sich auf
Setzte ihr kaltblütig
Die Pistole an die Schläfen
Drückte ab

Sie erwachte
Zog sich an
Überzog sich mit einem
Nächtlichen
Fernsehprogramm

Dann
Schaltete sie ab
Dachte an Sonnenaufgänge
Am Meer

Mitten in der Nacht in
Einer unordentlichen Welt

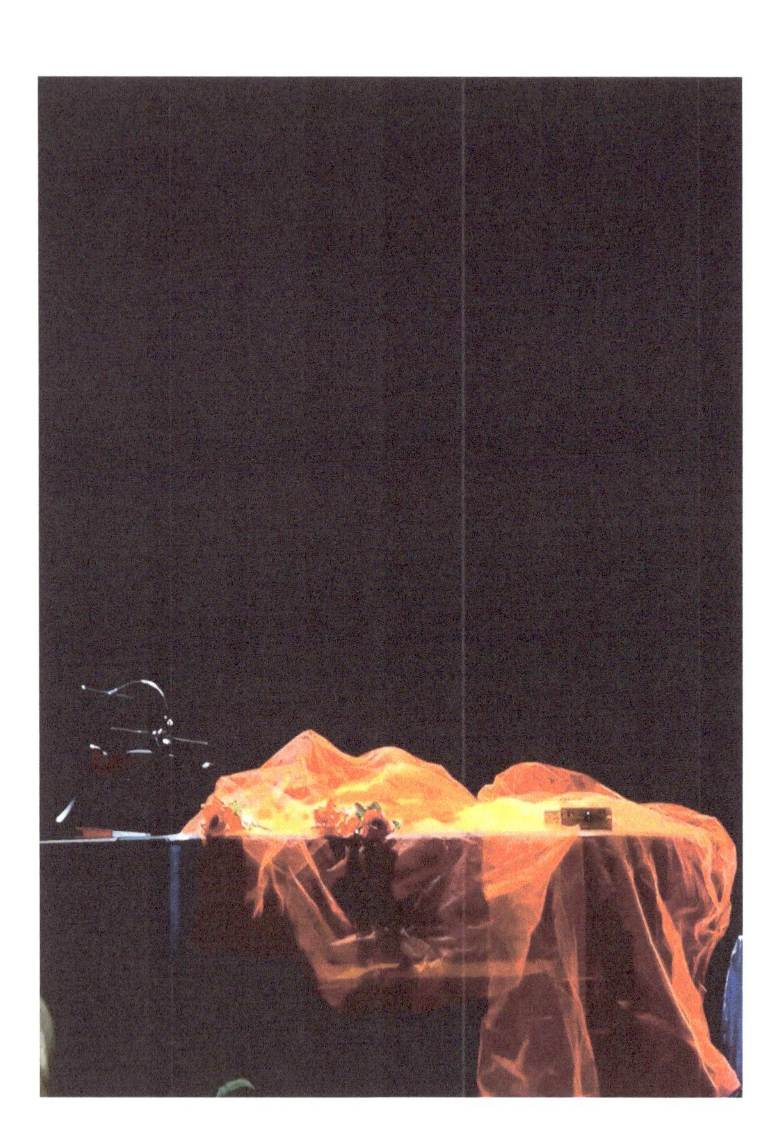

THEMA - ver - FEHLT

NEIN
Sie steht nicht still
Diese Welt
Auch wenn an vielen Tagen
Das Licht schweigt

Die dunkle Müdigkeit
Der Zeit
Wird zäh und zäher
Endet nicht
Wischt weg
Mit schneller Hand
Das Lächeln
Was immer fremder wird

Der freundliche Morgengruß
Flattert davon
Wird schwer – schwerer
Verschwindet
Unerbittlich schnell
Im Vergessen

DUNKEL zwischen den Zeilen

Betäubend der Lärm
Gellende Schreie
Vereinigen sich
Die Welt
Diese glitzernde Fassade
Flüstert ihre Worte nicht mehr
Sie brüllt
Gebärdet sich wild
Schlägt um sich.

***

Da fließen keine poetischen
Worte mehr

Sie stocken
Wenden sich
Fließen rückwärts und
Verletzen ihre
Empfindliche Mitte
Sie läuft Gefahr
Daran zu ersticken

Sie läuft Richtung WIND
In der Ferne hört man Lärm

SIE - die Frau, allein in der Stadt

Halbdunkle
Sicher scheinende Ecken
Werden langsam zu
Einer Geschichte
Die unruhige Angst
Transportiert

Wenige Menschen
Alte und junge tauchen auf im
Scheinwerferlicht
Erstarren bleiben stehen
Eilen weiter durch
Den kalten Wind

Wortlos folgen ein paar
Dunkle Schatten
Die wie eine
Auseinander gefallene
Gesellschaft weiterziehen

Ihr klopfendes Herz
Spürt sie im ganzen Körper
Der irgendwann auch
Zum Schatten wird
Und atemlos den

Langen Heimweg belauscht

Schweigende Dämmerung

Es träumt sich
Nicht mehr so leicht
In der Dämmerung

Das Schweigen wird schmerzlich
Sie teilt ihre Sehnsucht
In gestern und morgen

Die schweigende
Dämmerung
Vergibt lautlos Almosen

In schlagende Herzen
Schleichen sich windlose Stürme
Die hochmütig und blind

In der Dunkelheit
KEINE SINNE
Mehr öffnen

WER – DEN (N)

Sie gehen dahin die Momente
Des Lebens
Tag für Tag häufen sich Worte
Die nicht gesagt
Jedoch gedacht wurden

Alte Worte werden nicht jung
Indem sie sie immer wieder
Neu erfindet
Aber niemand sagt
Weshalb sie davonfliegen

Weshalb sie glaubt dass sie bleiben
In einer Welt
Die noch Visionen hat
Die im Rausch des Tages
Einen Planeten in Farbe malt

Mit Händen die miteinander reden
Die fröhlich sind und heiter
Die leuchtende Sterne malen
In einer Nacht in der sich
Die Dinge verwandeln

Die zu Schönheiten werden
Und Türen aufstoßen
Die die Geschichte
Dieser Welt verändern
werden werden werden

Ach – LEBEN

Kühl kommst du daher
Hölzern und steif
Vergeblich dein Versuch
Der Leidenschaft + dem Temperament
Freien Lauf zu lassen

Du armes Luder
Du weißt nicht einmal
WER + WIE DU BIST

LEBEN HÖR´ZU
Es gibt nichts Schöneres
Als zu lieben + zu tanzen
Im Takt einer Musik
Die beflügelt
Die entspannt und
Die Schmerzen lindert

DIE DU LEBEN
Uns täglich in die
Stunden wirfst

Geben + Nehmen

Wenn ich die GEBEN-DE bin
Bin ich auch die NEHMEN-DE
Laufe unbesonnen hinein in
Meine eigene Versponnenheit
In meine Leidenschaft
In meine eigene Heftigkeit

Laufe ich weiter
Laufe ich bis an die Grenze
Meiner Gedanken
Bemühe mich
In mir zu bleiben

Weiß nicht mehr
WAS IST

Ahne nur
WAS SEIN KANN

W A R T E - Schleife

Das ständige Warten
Liegt in einer Schleife

In einer Schleife
Die festhält
Die abschleift
Die fortschleift
Die aufreibt

Die lautlos schmirgelt
Wortlos abschabt
Die hobelt und doch
Nicht glättet

Nicht glättet diese
Ungeduld
Dieses wiederholte
Aufbäumen

Dieses schnelle Fallen
Zerschlagen von
Kindlichen Träumen
Das Warten liegt

Es liegt es liegt es liegt
Noch immer in einer
ungebundenen
Schleife

Immer wieder in der Dämmerung

Da liegt die Sehnsucht
Auf der Lauer
Unbeschreiblich ihr Warten
Ihr blasses Schweigen
Ihr stimmloses Ausharren
Und doch schreit sie
Innerlich nach Freiheit
Sichtbar ist sie nicht
Auch nicht
Der dunkle Gang
Zwischen dem was ist
Und dem was sein soll

SEHNSUCHT - ich SUCHE DICH

Auf dem Wege zu dir
Werde ich den
Horizont belauschen
Er ist blau rot gelb orange
Und weiß und grün
Und still

Im Laufschritt werde ich
Die Zeit durchdringen
In der Gegenwart die
Vergangenheit spüren
Die Zukunft

Im Sekundenzeiger
Sichtbar machen

Vor mir und hinter mir
Grüne Zweige
Junges Licht
Regenfeuchte Felder
Offene Fenster
Blaues Licht
In der Abendsonne
Minutenlang
Rauschen in der Luft
Rauschen in mir
Es wird licht
Es wird heller
Zögernd nehme ich sie an
Für den Bruchteil
Einer Sekunde
Bin ich eine schweigende Säule
Dann
Zieht sie mich friedlich in sich hinein
Diese Sehnsucht
Diese irrsinnige Sehnsucht
Die uns treibt
Die drängend das Innere erobert

Die wieder FREI IST so FREI

Ver – Ä N D E R U N G

In Staunen versunken
Erlebt sie das erste
Schimmern eines
Ge – DUNKEL-ten Mondes

Im Schatten der Nacht
Singt sie Lieder
Von einem Aufbruch
Der MOND – hell strahlt

Erwartungvoll füllen
Sich verlorene Stunden
Ordnen sich ein
Schweigen nicht mehr

Überbrücken Grenzen
Werfen zittrige Gedanken
In die Mondbahn
Suchend und kreisend

Neuer Morgen

Zärtlicher Freund
Mein Herz wächst und liebt
In stiller Stunde
Das aufbrechende Licht
Das jubelnde Erblühen
Eines NEUEN Tages

Er drängt mich nicht mehr
In wilde Kriegs-Gedanken
Er engt mich nicht ein im Hoffen
Ab heute höre ich es nicht mehr
Das Weinen dieser Welt
Es schweigt für immer

Dieser Morgen hält fern
Die fremden Boten
Die im grellen Licht
Das Elend in diese Welt brachten

D E N N

Die HOFFNUNG lebt
Und ihr Duft ist jung und grün
Und so voller LEBEN
Die „kalte" Kälte dringt nicht
Mehr ein in Blut warme Körper

Ein WUNDER zieht
Durch die Welt
Steigt heraus aus der Vergessenheit
Geht einher mit
Hoffnungsvollen Sonnenstrahlen

Aus der Tiefe der dunklen
Vergangenheit erwacht
Ein LEBEN-diger
Friedlicher
Neuer MORGEN

JA

Und der Weg

In einen FRIEDEN

Wird wieder

S I C H T B A R

Vielleicht trügerisch?

Vermutlich übertrieben !!!

Banale Mittags – Verse
(in LIEB-losen Zeiten)

Die Liebe ist´s
An allen Tagen
Die kommt und geht
Ohne zu fragen

Im Morgenlicht
Glänzt schon die Sonne
Sie zögert nicht
Ach welche Wonne

Mit warmem Blut
Die Liebe spüren
Sie wird uns sicher
Heut´verführen

Zu lieben
Was zu lieben ist
Wenn heut´ein Mensch
Einen anderen küsst

Banale Verse in der Mittagszeit
Und doch ist gar die Liebe nicht weit

Sie ist so kühn
Geht frei spazieren
Ich werd´mich wohl
An sie verlieren

Die Nacht und S I E

SIE tanzte
Sie lachte
Sie weinte
Sie rief
Sie schlief nicht mehr
Sie war munter l e e r

Sie legte sich nieder
Spürte den Schmerz
Im Herz (en)
Er war spitz
Er war scharf
Sie verrwarf
Die Entscheidung

Ihn zu ersticken
In Gedanken die rückwärts
Pulsierend sich beinah´verlierend
Fest an sie klammerten
Ununterbrochen

Sie weiß nicht
NEIN sie weiß nicht mehr
Sie weiß nicht mehr
WIE noch leben

WIE   noch sorglos l e b en ?

Du LEBEN
ich glaube an dich

Eine Sommer Brise
Lag in deinen Augen

Ein Lächeln
Reichte mir die Had

Der Morgenhimmel
Noch im Werden

Flüsterte Worte
Die mir bekannt

So frei so herzlich und
So offen

In dieser Welt
Die stille steht

Hört ich die
Melodie des Lebens

Es ist das Leid
was endlich geht

Im Mai 2023

Sie stand am Eingang
Er versperrte nicht den

Blick auf die Trümmer
Die sich türmten

Wo sind sie geblieben die DREI
Die Frau   der Mann das Kind

WO – Zwischen dunklen Trümmern
Liegen ihre Körper

Ein sekundenlanger Blick darauf
Im Mai 2023

Und dennoch
Vogelgezwitscher am
Rande des Todes

Kunst – Stück

Ein Blatt Papier
Drei Wörter
Ver- WORT- et
Im Weiß
Wie heiß

Die Sehnsucht
Das Begehren
Das leidenschaftliche
Sich wehren

Die Grenzen
Zu weiten
Zu überschreiten
Die Worte

Zu deuten
Und im erneuten
Dialog
Im Fluss der
Ereignisse

Bei sich selbst
Zu bleiben

„Operation“ OHNE Narkose

Der Wind ist ein
Bilderbuch
Mit fliegenden Blättern
Am Horizont
In der Ferne
In der Stadt
Auf dem Meer

Er spiegelt sich wider
Im Sturm
Der Wahrheit
Die leer geworden
Nach der verlorenen
Heimat sucht

Sie nicht findet
Sich windet +
Verschwindet
In der Kälte
Einer Narkose FREIEN
„Spezial-OPERATION“

SIE WEISS ES (auch)

Manchen Kummer
Versuchte sie zu
Vergessen – doch
Der Schmerz im
Inneren heilte nicht

Die Zahl der Abschiede
wurde größer
Wobei das Leben
Ihr verspricht:

Die Melancholie
Vergangener Tage
Die Verzweiflung
Die zu leben
Ewige Spannung ist

Wird durchlässig
Durch die Erfahrung
Dass die dunkle Färbung
Ihres Denkens

Im Wesen
Ein immerwährender
Vorgang ist

Vergessen

Es sind die Nächte
Die unendlichen
Die von Tränen sprechen
Von Schreien
Entflohener Stimmen

Leer sind sie
Wie ein sternenloser Himmel
Der weit herunter hängt
Nach Licht sucht
Ins Leere greift

Zitternd fügen sich
Schweigende Stunden
In Tränen
Kämpfen unsichtbar
Gegen die Welt

Des Vergessens

Stille Sehnsucht

Sanftes Licht
In der Tiefe
Einer gläsernen Hülle
In der sie seit Stunden liegt

Hier liebt sie die Ruhe
Den Tag der stehenbleibt
Den Tag der sie liebt
Der sie umarmt

Mit geschlossenen Augen +
Geöffneten Sinnen
Erfährt sie vom
Glück einer friedlichen Welt
In der Blumen wieder

B e h u t s a m
w a c hs e n

Es war der Blick

(da hinein und dahinter)

Plötzlich
Flog ein Fenster auf
Gardinen flatterten
Im Wind

Im unwirklichen Licht
Des frühen Morgens
Gaben sie den
Blick frei

Auf eine graue Realität
Die im nassen April
Kein Lachen
Mehr zuließ

Sie war diese Frau
Die ohne Hoffnung
auf Heilung
Für immer an

Das Bett gefesselt war

Gedanken in CHAOS – ZEITEN
(noch einmal M E H R)

Noch einmal
Schmetterling sein
Weit die Flügel
ausbreiten

Noch einmal
Zärtliche Gefühle
Spüren

Noch einmal
Liebe Worte
Hören

*

Noch einnmal
Einem Atem lauschen
Der nicht fällt

Der nicht
Zusammenfällt
In der Enge
Dieser Zeit

Einen der bleibt

F E I N D - SELIG

Rücklings
Mit geschlossenen Augen
Fällt sie
Aus ihrer Zeit

Ein offenes DUNKEL
Erfasst sie
Gefährlich dicker Staub
Legt sich
Auf ihre Gedankken

Die EIGEN – SINN ig
Einen verregneten Himmel
Mit Sonnenstrahlen
bewerfen

Mitten in einem Krieg

UN – GESCHÜTZT

Die HÖLLE
Ist nun
Das DACH
Dieser Welt
Einer Welt
Die UNS NICHT
Mehr liebt

MORGEN
JA
vielleicht
MORGEN schon
Suchen wir uns

EINE ANDERE

Wenn die Welt weinen könnte wie ich
Wäre sie voller Tränen

Im Winter

Im Winter
Dunkeln die Fenster
Schneller
Ein Blick hinaus
Wird ziel- und endlos
Die rührige Welt stirbt im
Glas der Scheiben

Der aufkommende Wind
Wird zum Dieb
Stiehlt heimlich die
Schönen Worte
Presst sie brutal hinein
In fliehend dunkle
Wolken

Schonungslos treibt er sie
Über einen fahlen Himmel
In nur einer Nacht

Dann sterben die Worte
Die schönen
Sterben in der Klage
Eines Himmels
Der in Dunkelheit verharrt

W E H E n

GIER - ig
Nach UFER-loser Weite
Der Gedanken
Die sich noch sanft
In der WORTE-MUTTER
Wiegen

ZIEL -sicher
Werden sie ihren Weg
In das fremde Leben
Finden

Werden geschlossene
Antworten geben
Auf offene
FRAGEN

HIER (in einem anderen Land)

HIER stellt niemand
Mehr eine Frage

Das Verbliebene
Schleicht wortlos

Durch leere Häuser
Mit kahlen Wänden

Hier wo die Verzweiflung
Keine Hoffnung mehr zulässt

Hier wo der Himmel
Das Licht vertrieb

Hier wo sie
Ihr Leben lebten

Hier ist nichts mehr
Hier wird niemand
Mehr sein

Verzweifelt streue ich
Zarte Blütensamen
Auf aufgerissene Felder

Und WARTE

Wenn die LAUTE STILLE schweigt

Stille
Einen Lidschlag lang
Dringt eine mutige Sonne
Durch finstere Wolken

STRAHLEND
WÄRMEND
SCHÖN

Ich bin so offen für sie
Bin bereit sie aufzunehmen
Hinein in alle Stunden
Meines Lebens

Für Momente werde
Ich wiedergeboren

ICH LEBE
ICH LIEBE
ICH DENKE
ICH FÜHLE

Die Hoffnung in mir
ERWACHT
ZU NEUEM LEBEN

S I N N F R A G E

WIE SINN – VOLL

SIND

KRIEGE ?

???

NIEMAND

GIBT

DARAUF

EINE

ANTWORT

Das ENDE hier ist

KEIN AUFGEBEN

ULLA ANGST
im Mai 2024

Ist diese Frau denn noch zu retten ?

Noch immer
Erlaubt sie sich täglich
Zu lieben
Zu lachen
Zu denken
Zu fühlen
Zu weinen
Zu leben

In Liebe
In Freude
In Gedanken
Im Gefühl
Im Schmerz
Im Sein

Noch immer
Sucht und
Findet sie
Sich selbst
In der Wahrheit
In der Leidenschaft

Noch immer
Hält sie täglich
Die Spannung aus
Lässt los
Schwingt sich
Tänzerisch auf

Im Innehalten
Komponiert sie ihre
Lebensmelodie
Heiter und gelassen

Und vollendet sie
Im Tanz

Über die Autorin

Ulla Angst, geboren in Wilhelmshaven, wurde hineingeboren in die Wirren des 2. Weltkrieges. Vertreibung und Flucht waren für die damals 4 -Jährige entscheidende Erlebnisse, die noch heute nachhallen.
Als erklärte Pazifistin trifft es sie besonders, was derzeit auf diesem Planeten passiert.
Erschüttert steht sie häufig vor der Entwicklung von Gewalt und Zerstörung.
Diese Gewalt macht sprachlos.
In ihren Gedichten beschreibt sie ihre Gefühle, ihre Ängste, ihre Hilflosigkeit.

Sie schreibt seit ihrem 14. Lebensjahr Texte. Seit 2015 veröffentlicht sie im Selfpublishing Lyrik und Prosa.

Darüber schrieb der „Kölner Stadt-Anzeiger" 2022

„Frau Angst hat im Selbstverlag erstmals ihre Gedichte veröffentlicht – und steht da ganz in der Tradition der dichtenden Ladys der 30er und 40er Jahre.
Sie schreibt über das Leben, die Liebe und das Leid der vergangenen Jahrzehnte und davon, was im Alter davon übrig bleibt. So schön! So herzzerreißend ! Und so ehrlich.
-sm-

Glück ist eine Art zu leben

Ulla Angst

Blog: http://grenzenloswortlos.blogspot.com

Herzlich willkommen

ISBN 978-3-7598-3604-5
9 783759 836045 00001
www.epubli.com